IRVIN L. YOUNG MEMORIAL LIBRARY
WHITEWATER, WISCONSIN
3 3488 00141 4687

P9-CRE-291

The Upside Down Boy

El niño de cabeza

Story by / Escrito por **Juan Felipe Herrera**

Illustrations by / Ilustrado por **Elizabeth Gómez**

CHILDREN'S BOOK PRESS / LIBROS PARA NIÑOS
SAN FRANCISCO, CALIFORNIA

Cuando era niño, mi familia pasó años trabajando en los campos como campesinos. Un día, mi mamá le dijo a mi papi: "Ya es hora de asentarnos. Es hora que Juanito vaya a la escuela". Aquel año vivíamos en las montañas de Lago Wolfer, un mundo como vidrio color celeste.

La vieja troca del Army de Papi nos bajó por los caminos montañosos, hasta la casa de doña Andasola, color de rosa en la calle Juniper. Yo tenía ocho años y era la primera vez que iba a vivir en una gran ciudad.

—Juan Felipe Herrera

When I was little, my family spent years working in the fields as campesinos. One day, my mama said to my papi, "Let's settle down. It's time that Juanito goes to school." That year we were living in the mountains by Lake Wolfer, a glassy world full of sky colors.

Papi's old army truck brought us down the steep mountain roads, all the way to Mrs. Andasola's pink house on Juniper Street. I was eight years old and about to live in a big city for the first time.

— Juan Felipe Herrera

Mama, who loves words, sings out the name on the street sign—Juniper. "Who-nee-purr! Who-nee-purr!"

Papi parks our old army truck on Juniper Street in front of Mrs. Andasola's tiny pink house. "We found it at last," Papi shouts, "Who-nee-purr!"

"Time to start school," Mama tells me with music in her voice. "My Who-nee-purr Street!" I yell to the chickens in the yard.

Mamá, a quien le encantan las palabras, canturrea el nombre del letrero de la calle—*Juniper*."¡Juu-ni-purr! ¡Juu-ni-purr!"

Papi estaciona nuestra vieja troca del *Army* en la calle *Juniper* en frente de la casita color de rosa de doña Andasola. "Al fin la encontramos", grita Papi, "¡Juu-ni-purr!"

"Es hora que empieces la escuela", Mamá me dice con su voz musical. "¡Mi calle Juu-ni-purr!" yo le grito a las gallinas en el patio.

"No te apures, chico",
me dice Papi mientras me encamina a la escuela.
"Todo cambia. En un lugar nuevo los árboles tienen nuevas hojas
y el viento se siente fresco en el cuerpo".

Me pellizco la oreja, ¿de veras estoy aquí?
Quizás el poste del alumbrado realmente es una espiga
dorada de maíz con un saco gris polvoriento.

La gente va veloz y sola en sus flamantes coches que se derriten.
En los valles, los campesinos cantaban "Buenos días, Juanito".

Hago una mueca de payaso, medio chistosa
medio asustada. "No sé hablar inglés", le digo a Papi.
"¿Se me hará la lengua una piedra?"

"Don't worry, *chico*,"
Papi says as he walks me to school.
"Everything changes. A new place has new leaves
on the trees and blows fresh air into your body."

I pinch my ear. Am I really here?
Maybe the street lamp is really a golden cornstalk
with a dusty gray coat.

People speed by alone in their fancy melting cars.
In the valleys, campesinos sang "*Buenos días*, Juanito."

I make a clown face, half funny,
half scared. "I don't speak English," I say to Papi.
"Will my tongue turn into a rock?"

I slow step into school.
My *burrito de papas*, my potato burrito in a brown bag.
Empty playground,
fences locked. One cloud up high.

No one
in the halls. Open a door with a blue number 27.
"*¿Dónde estoy?*" Where am I?
My question in Spanish fades
as the thick door slams behind me.

Mrs. Sampson, the teacher, shows me my desk.
Kids laugh when I poke my nose into my lunch bag.

The hard round clock above my head
clicks and aims its strange arrows at me.

Camino lento a la escuela.
Mi burrito de papas en una bolsa de papel café.
El patio del recreo está vacío,
las cercas cerradas. Una sola nube muy arriba.

Nadie
en los pasillos. Abro una puerta con un número azul 27.
"¿Dónde estoy?"
Mi pregunta en español se deshace
cuando oigo la gruesa puerta cerrarse detrás de mí.

La Sra. Sampson, la maestra, me lleva a mi mesabanco.
Los niños se ríen cuando meto la nariz en la bolsa
con mi almuerzo.

El duro reloj redondo sobre mi cabeza
marca el tiempo y apunta sus extrañas flechas hacia mí.

On the chalkboard, I see a row
of alphabet letters and addition numbers. If I learn them
will they grow like seeds?

If I learn the English words
will my voice reach the ceiling, weave through it
like grape vines?

We are finger-painting.
I make wild suns with my open hands.
Crazy tomato cars and cucumber sombreros—
I write my name with seven chiles.

"What is that?" Mrs. Sampson asks.
My tongue is a rock.

En el pizarrón, veo una fila
de letras del abecedario y números para sumar. ¿Si los aprendo
crecerán como semillas?

¿Si aprendo las palabras en inglés
llegará mi voz al techo, se tejerá ahí
como las hojas de las uvas?

Estamos pintando con los dedos.
Dibujo soles broncos con mis manos abiertas.
Coches locos hechos de tomates y sombreros de pepinos—
escribo mi nombre con siete chiles.

"¿Qué es eso?" me pregunta la Sra. Sampson.
Mi lengua es una piedra.

A B C

The school bell rings
and shakes me.

I run and grab my lunch bag
and sit on the green steel bench.
In a few fast minutes, I finish my potato burrito.
But everyone plays,
and I am alone.

"It is only recess,"
my classmate Amanda says in Spanish.
In Spanish, I pronounce "recess" slowly.
"Sounds like '*reses*'—like the word for cattle,
huh?" I say.

"What is recess?" I ask Amanda.

Suena la campana de la escuela
y me asusto.

Corro y agarro la bolsa de mi almuerzo
y me siento en la banca verde de acero.
En unos cuantos minutos me acabo mi burrito de papas.
Pero todos están jugando,
y yo estoy solo.

"Nomás es el *recess*",
mi amiguita, Amanda, me dice en español.
En español, pronuncio "*recess*" despacito.
"Suena como 'reses', como la palabra para vacas,
¿verdad?" le digo.

"¿Qué es *recess*?" le pregunto a Amanda.

The high bell
roars again.

This time everyone eats their sandwiches
while I play in the breezy baseball diamond
by myself.

"Is this recess?" I ask again.

When I jump up
everyone sits.
When I sit
all the kids swing through the air.
My feet float through the clouds
when all I want is to touch the earth.
I am the upside down boy.

La alta campana
ruge otra vez.

Esta vez todos comen sus sandwiches
mientras yo juego solo
en la cancha de béisbol con brisa.

"¿Esto es *recess*?" otra vez pregunto.

Cuando salto y me levanto,
todos se sientan.
Cuando me siento,
todos los niños se columpian en el aire.

Mis pies flotan por las nubes
cuando todo lo que quiero es tocar tierra.
Soy el niño de cabeza.

Papi comes home to Mrs. Andasola's pink house.
I show him my finger painting.
"What a spicy sun," he sings out.
"It reminds me of hot summer days in the San Joaquin Valley, "
he says, brushing his dark hair with his hands.

"Look, mama!
See my painting?"

"Those are flying tomatoes
ready for salsa," Mama sings.
She shows my painting to Mrs. Andasola
who shows it to Gabino, her canary.

"Gabino, Gabino, see?" Mrs. Andasola yells.
"What do you think?"
Gabino nods his head back and forth.
"Pío, pío, piiiii!"

Papi llega a la casa color de rosa de doña Andasola.
Le enseño mi pintura que hice con mis dedos.
"¡Qué sol tan picante!", él canta.
"Me recuerda de los días de verano del Valle de San Joaquín".
dice, acomodándose el pelo negro con las manos.

"¡Mira mamá!
¿Ves mi pintura?"

"Ésos son jitomates voladores
listos para la salsa", dice Mamá.
Ella le enseña mi pintura a doña Andasola
quien se la muestra a Gabino, su canario.

"Gabino, Gabino, ¿la ves?" grita doña Andasola.
"¿Qué te parece?"
Gabino sacude su cabecita de un lado al otro.
"¡Pío, pío, piiiii!"

Mrs. Sampson invites me
to the front of the class. "Sing, Juanito,
sing a song we have been practicing."

I pop up shaking. I am alone facing the class.

"Ready to sing?" Mrs. Sampson asks me.
I am frozen, then a deep breath fills me,
"Three blind mice, three blind mice," I sing.

My eyes open as big as the ceiling and
my hands spread out as if catching
rain drops from the sky.

"You have a very beautiful voice, Juanito," Mrs. Sampson says.
"What is beautiful?" I ask Amanda after school.

La Sra. Sampson me invita
al frente de la clase. "Canta, Juanito,
canta una de las canciones que hemos ensayado".

Salto para arriba temblando. Estoy solo frente al salón.

"¿Listo para cantar?" me pregunta la Sra. Sampson.
Estoy congelado, pero luego un hondo resuello me llena,
"*Three blind mice, three blind mice*", canto yo.

Mis ojos se abren tan grandes como el techo
y mis manos se extienden como para alcanzar
gotas de lluvia del cielo.

"Tienes una voz muy *beautiful*, Juanito", me dice la Sra. Sampson.
"¿Qué es *beautiful*?" le pregunto a Amanda al salir de la escuela.

At home, I help Mama and Mrs. Andasola make *buñuelos*—fried sweet cinnamon tortilla chips.

"Piiiiicho, come heeeere," I sing out, calling my dog as I stretch a dough ball.

"Listen to meeeee," I sing to Picho with his ears curled up into fuzzy triangles. "My voice is beauuuuutiful!"

"What is he singing?" Mrs. Andasola asks my mom as she gently lays a buñuelo into the frying pan.

"My teacher says my voice is beauuuuutiful," I sing, dancing with a tiny dough ball stuck on my nose.

"*Sí, sí,*" Mama laughs. "Let's see if your buñuelos come out beautiful too."

En casa, le ayudo a Mamá y a doña Andasola a hacer buñuelos — tortillas dulces fritas con canela.

"Piiiiicho, ven acaaaaá", le digo cantando a mi perro mientras yo estiro una bolita de masa.

"Escuuuuúchame", le canto a Picho con sus orejas hechas triángulos de peluza. "¡Tengo una voz hermooooosa!"

"¿Qué está cantando?" le pregunta doña Andasola a mi mamá mientras acuesta un buñuelo gentilmente en el sartén.

"Mi maestra dice que tengo una voz hermooooosa", canto, bailando con un bolita de masa pegada a mi nariz.

"Sí, sí", se ríe Mamá. "A ver si tus buñuelos salen hermosos también".

"I only made it to the third grade, Juanito,"
Mama tells me as I get ready for bed.

"When we lived in El Paso, Texas,
my mother needed help at home. We were very poor
and she was tired from cleaning people's houses."

"That year your mama won a spelling medal,"
Papi says as he shaves in the bathroom.

"Your Papi learned English without a school," Mama says.
"When he worked the railroads, he would pay
his buddies a penny for each word they taught him."

Papi says softly, "Each word,
each language has its own magic."

"Nomás alcancé a llegar a tercer año, Juanito",
me dice Mamá mientras me preparo para acostarme.

"Cuando vivíamos en El Paso, Texas
mi madre necesitaba ayuda en la casa. Éramos muy pobres
y ella estaba cansada de limpiar casas de otra gente".

"Ese año tu mamá se ganó una medalla por deletrear bien",
dice Papi rasurándose en el baño.

"Tu papi aprendió el inglés sin escuela", dice Mamá.
"Cuando trabajaba en el traque, él les pagaba
a sus amigos un centavo por cada palabra que le enseñaban".

Murmura Papi: "Cada palabra,
cada idioma tiene su propia magia".

After a week of reading a new poem aloud to us every day
Mrs. Sampson says, "Write a poem,"
as she plays symphony music on the old red phonograph.

I think of Mama, squeeze my pencil,
pour letters from the shiny tip like a skinny river.

The waves tumble onto the page
L's curl at the bottom.
F's tip their hats from their heads.
M's are sea waves. They crash over my table.

Juanito's Poem

Papi Felipe with a mustache of words.
Mama Lucha with strawberries in her hair.
I see magic salsa in my house and everywhere!

Después de una semana de leernos en voz alta
un poema nuevo cada día,
la Sra. Sampson nos dice: "Escriban un poema",
mientras toca música sinfónica en el viejo tocadiscos rojo.

Pienso en Mamá, aprieto mi lápiz,
derramo letras de la punta luminosa como un río flaquito.

Las olas se tropiezan sobre la página
Las eLes se enroscan al fondo,
Las eFes ladean los sombreros de sus cabezas
Las eMes son olas del mar. Estallan sobre mi mesabanco.

Poema de Juanito

Papi Felipe con un bigote de palabras.
Mamá Lucha con fresas en el cabello.
¡Salsa mágica en mi casa y por dondequiera que veo!

"I got an A on my poem!" I yell to everyone
in the front yard where Mama gives Papi a haircut.

I show Gabino my paper
as I fly through the kitchen to the backyard.

"Listen," I sing to the baby chicks,
with my hands up as if I am a famous music conductor.

I sprinkle corn kernels and sing out my poem.
Each fuzzy chick gets a name:
"Beethoven! You are the one with the bushy head!
Mozart! You jumpy black-spotted hen!
Johann Sebastian! Tiny red rooster, dance, dance!"

"¡Recibí una A por mi poema!" les grito a todos
frente al patio donde Mamá le corta el pelo a Papi.

Le enseño mi poema a Gabino
corriendo por la cocina hacia atrás de la casa.

"Escuchen", les canto a los pollitos,
con mis manos levantadas como si fuera un director
de música famoso.

Les doy maicitos y les canto mi poema.
A cada pollito de peluche le toca un nombre:
"¡Beethoven! ¡Tú, con la cabeza como matorral!
¡Mozart! ¡Tú, brincador salpicado de negro!
¡Johann Sebastián! ¡Gallito colorado, baila, baila!"

In the morning, as we walk to school
Papi turns and says, "You do have a nice voice, Juanito.
I never heard you sing until yesterday
when you fed the chickens.
At first, when we moved here,
you looked sad and I didn't know what to do."

"I felt funny, upside down," I say to him.
"The city streets aren't soft with flowers.
Buildings don't have faces. You know, Papi,
in the campo I knew all the names, even of those bugs
with little wild eyes and shiny noses!"

"Here," he says. "Here's my harmonica.
It has many voices, many beautiful songs
just like you. Sing them!"

En la mañana, caminando a la escuela
Papi me mira y dice: "Tú sí tienes una voz bonita, Juanito.
Nunca te había escuchado cantar hasta ayer
cuando les dabas de comer a los pollos.
Al principio, cuando llegamos aquí
te veías triste y no sabía que hacer".

"Me sentía raro, de cabeza", yo le digo.
"Las calles de la ciudad no son suaves para las flores.
Los edificios no tienen caras. Sabes Papi,
en el campo me sabía todos los nombres,
¡hasta los de los bichos
con sus ojitos bravos y narices relumbrantes!"

"Ten", me dice. "Te doy mi armónica.
Tiene muchas voces, muchas canciones hermosas
como tú. ¡Cántalas!"

En el Día de la Comunidad,
Mamá y Papi se sientan en la primera fila.
Doña Andasola admira nuestros dibujos en las paredes,
Gabino en su hombro.

"Nuestras pinturas se parecen a los campos floreados
del Valle", le digo a Amanda.

"Tengo una sorpresa", le susurro a Mamá.
"Soy 'El Maestro Juanito', ¡el director del coro!"
La Sra. Sampson se sonríe con su sombrero de chiles
y comienza la música.

Toco una "C" con mi armónica — "¡La la la laaaaah!
¿Listos para cantar sus poemas?" le pregunto a mi coro.
"Uno… dos… ¡*and three*!"

On Open House Day,
Mama and Papi sit in the front row.
Mrs. Andasola admires our drawings on the walls,
Gabino on her shoulder.

"Our paintings look like the flowery fields back
in the Valley," I tell Amanda.

"I have a surprise," I whisper to Mama.
"I am '*El Maestro* Juanito,' the choir conductor!"
Mrs. Sampson smiles wearing a chile sombrero
and puts on the music.

I blow a "C" with my harmonica—"La la la laaaaah!
Ready to sing out your poems?" I ask my choir.
"*Uno... dos...* and three!"

Mrs. Lucille Sampson

Juan Felipe (age 9)

For Mrs. Lucille Sampson, my third grade teacher at Lowell Elementary School, Barrio of Logan Heights, San Diego, California, 1958, who first inspired me to be a singer of words, and most of all, a believer in my own voice. Gracias.

– Juan Felipe Herrera

Juan Felipe Herrera is one of the foremost Mexican American poets writing today. His first book for children, *Calling the Doves,* received the prestigious Ezra Jack Keats Award honoring the most promising new author for children. The author of five books of poetry, he is also an actor, a musician, and a popular professor at California State University at Fresno.

Elizabeth Gómez is an internationally exhibited painter known for her exquisite colors and delightful sense of fantasy. "In everything I paint," she says, "there are always people, animals, and plants, and always beauty." A native of Mexico City, she now lives in Cupertino, California, with her husband and daughter. This is her first book for children.

A twin dedication: for my nephews, Robert and Richard Melendez, the twins.
Una dedicacion gemela: para mis sobrinos, Robert y Richard Melendez, los gemelos.

–JFH

With all my love for my daughter Mijal, for Hernán, and for my parents and siblings.
Con todo mi amor para mi hija Mijal, para mi adorado Hernán, y para mis padres y hermanos.

–EG

Editors: Harriet Rohmer and David Schecter
Spanish Language Editor: Francisco X. Alarcón
Design and Production: Katherine Tillotson
Thanks to the staff of Children's Book Press.

Distributed to the book trade by Publishers Group West
Distributed to schools and libraries by the publisher

Children's Book Press is a nonprofit publisher of multicultural literature for children, supported in part by grants from the California Arts Council.
Write us for a complimentary catalog:
Children's Book Press, 246 First Street, Suite 101,
San Francisco, CA 94105 (415) 995•2200
cbookpress@cbookpress.org

Library of Congress Cataloging-in-Publication Data
Herrera, Juan Felipe
The upside down boy / story by Juan Felipe Herrera; illustrations by Elizabeth Gómez
= El niño de cabeza / escrito por Juan Felipe Herrera; ilustrado por Elizabeth Gómez.
p. cm.
Summary: The author recalls the year when his farm worker parents settled down in the city so that he could go to school for the first time.
ISBN 0-89239-162-6
1. Herrera, Juan Felipe – Childhood and youth– Juvenile literature. 2. Mexican American poets – 20th century – Biography – Juvenile literature.
[1. Herrera, Juan Felipe – Childhood and youth. 2. Poets, American. 3. Spanish language materials – Bilingual.] I. Title: Niño de cabeza.
II. Gómez, Elizabeth, ill. III. Title.
PS3558.E74 Z474 2000 811'.54–dc21
[B] 99-049113 CIP AC

Elizabeth Gómez used acrylic paints on rag paper to create the artwork for this book.

Printed in Hong Kong by Marwin Productions
10 9 8 7 6 5 4 3 2 1